Batalla sangrienta

Batalla sangrienta

Aldivan Torres

Canary Of Joy

CONTENTS

1 1

1

"Batalla sangrienta»
Aldivan Torres
Batalla sangrienta

Autor: Aldivan Torres
© 2020- Aldivan Torres
Reservados todos los derechos

Este libro, incluidas todas sus partes, tiene derechos de autor y no puede reproducirse sin el permiso del autor, revenderse o descargarse.

Aldivan Torres es psicólogo, médico y guionista. Aficionado a la literatura y la ciencia ficción, pretende revolucionar la literatura. La fama literaria no lo es todo, lo que importa es el mensaje.

2.76-Justicieros nuevamente en acción

Volviendo a la cuestión de las batallas entre los dos bandos, en cada instante los dos grupos fueron más fuertes en el desarrollo de los poderes de su integral. Mientras que el lado malo tenía un amuleto de pentágono como arma, los buenos se entrenaban con sus cadenas de crucifijos mundanos.

Ángelo, sabiendo que te superaban en número, solo pretendías una nueva acción cuando estabas seguro de una buena respuesta de tus comandantes. Esto sucedió un mes después de la última pelea. Fue convocada para una reunión urgente con los miembros restantes del grupo de justicieros para actuar en el lugar habitual.

El día, el horario y la ubicación, todo el mundo mostró a los que vivían lejos. Suavemente, fueron atendidos por el anfitrión en la puerta y remitidos a un lugar reservado dentro de la casa. Con todo el mundo bien asentado, se cerraron las salidas e inmediatamente se inició la reunión.

Ángel, como jefe, fue el primero en tomar la palabra:

"Bueno, mis queridos compañeros, los llamé aquí porque tenemos que resolver el asunto de la invasión de tierras por parte del coronel. Los propietarios no pueden estar a merced de este corrupto.

"Estoy de acuerdo. Pero, ¿cómo podemos superar la barrera del oponente? (VÍCTOR)

"La respuesta está dentro de ustedes. Les di a cada uno de ustedes el símbolo más poderoso del universo ayudado por él, en una fuerza conjunta, podemos volver a triunfar. (Ángel).

"¿Y los riesgos? (Penélope)

"Siempre estará mi cara. Pero creo en tu potencial. (Lo dije con confianza Ángelo)

Estoy contigo, maestro. Estoy seguro de que mi amor, estés donde estés, aprobaría mi actitud. (Marcela)

"Gracias, Marcela. Puede estar seguro de que la sangre de Romão no fue en vano. (Ángel)

"¿Entonces que estamos esperando? Vamos (Rafael)

"Sí. Esta vez vamos a la máxima potencia. Todo el mundo está escalando. ¡Ponte las máscaras y vete lo antes posible! (Ángel ordenado)

"Conmigo. ¡Uno para todos y uno para todos! (VÍCTOR)

Todos se acercaron, se tomaron de las manos y repitieron la frase de Víctor en el coro. Después de que se separaron, tomaron las máscaras y resolvieron los últimos detalles antes de irse. Con todo listo, finalmente dejaron el cuartel general y se dirigieron al sitio principal del conflicto. Adelante, vigilantes, ¡estamos con ustedes!

Tan pronto como llegaron por primera vez, se volvieron para que nadie se diera cuenta de sus presencias. Solo fueron detectados cuando estaban muy cerca de sus oponentes, y fue en este punto que comenzó una nueva embajada.

Este fue todo contra todos, al azar. Como ya estaban en sus técnicas bien desarrolladas, la disputa fue igual a igual, con efectos asombrosos. Durante 30 minutos, no hubo muerte. Solo hubo algunas heridas leves.

Como nada decidió, cada uno comenzó a usar su respaldo y su fuerza mística. En esta última parte, los justicieros aprovecharon la fuerza y la fe. Con esto, los oponentes fueron cayendo uno a uno. Completamente retrasado, pidió clemencia y fue expulsado de la escena.

Las tierras entonces ocupadas fueron entregadas para uso de los legítimos. Tras recibir el agradecimiento, iniciaron el regreso al lugar de origen. Tan cerca como estaba, llegaron rápidamente. Le dieron al maestro la buena noticia, celebraron el logro e hicieron el plan para los próximos pasos del grupo.

Al final, fueron liberados porque cada uno tenía que hacer su trabajo. ¡Otra victoria para siempre en esta dura batalla! Déjalo de esa manera.

2.77-Los secretos de la levitación

Víctor y su esposa, emocionados por una victoria más de su grupo, han regresado a sus actividades rutinarias. Entre el trabajo, las actividades sociales, el ocio y el trabajo en equipo llenaron su tiempo hasta la llegada del domingo. Este momento cuando se completó aproximadamente un mes después de la última reunión de sanadores.

Lleno de voluntad y disposición, el discípulo partió inmediatamente para encontrarse con el maestro después de que él resolvió algunos detalles pertinentes. Aquí en 15 minutos de caminata rápida, pasando por vegetación y relieve una vez conocido, el mismo finalmente ha llegado a la humilde casucha del Sanador. Este era el interno de las técnicas de dominio del bien y del mal.

Frente a la casita, el discípulo se quedó un poco congelado por un miedo repentino. Pero este momento no dura mucho porque poco después se mueve y sigue avanzando. Luego pasas por la puerta y llamas a la puerta.

En estos momentos, desde dentro, la misteriosa figura conocida del maestro. Después de saludarlo, lo conduce a lo que en la casa representaba la habitación. Es en esta habitación donde se encontraba la cama de césped y un baúl viejo.

Se sientan en la cama, las miradas contrarias, anticipan grandes revelaciones. Como siempre, el sanador toma la iniciativa:

"¿Cómo has estado?

"Muy bien Nuestro grupo ha logrado importantes victorias y cada día aprendo un poco más. ¿Qué obtenemos por hoy? (VÍCTOR)

"Te enseñaré la técnica de levitación. Será de mucha ayuda. (Curador)

"¿Cómo? ¿Puedo volar ya? (IMAGINÓ EL VICTOR DESCRÉDITO)

"Son cosas separadas. Te enseñaré no solo la levitación del cuerpo, sino también la levitación del espíritu. Quien lo domina es capaz de, en caso de que se concentre lo suficiente, penetrar en otros mundos. Sin embargo, este milagro es algo que se alcanza solo con mucho esfuerzo, perseverancia y experiencia. Ese no es tu caso por ahora. (Curador)

"Entendido Entonces enséñame. (VÍCTOR)

"Muy bien. Acuéstese normalmente en la cama, mirando al techo. (Curador)

El sirviente obedeció la orden del amo. Cuando se sintió realmente cómodo, preguntó impaciente:

"¿Ahora qué? ¿Cuál es el siguiente paso?

"Primero, libera tu mente interior, fijando tu pensamiento en el punto más lejano que alcanza tu imaginación. Cuando llegue a este punto, pronuncie esta palabra secreta: ¡Inkirin! A partir de ahí, podrás romper las cadenas que te impiden tener control sobre tu cuerpo y la fuerza de la gravedad. ¿Listo? (Curador)

"Lo intentaré. (VÍCTOR)

Incluso sin comprender la profundidad de las palabras del chamán, el aprendiz comenzó la fase de intento: intentó una, dos, tres veces sin éxito. Finalmente, el miércoles, orientado nuevamente, lo logró.

Maravilloso con la técnica, pasó más de dos horas practicándola hasta agotar sus posibilidades físicas. Fue entonces cuando el sanador volvió a intervenir:

"Tranquilo, Víctor, no tienes que reaccionar de forma exagerada. Puedes ir si quieres.

"Estás bien. Gracias por todo, maestro. Un día, te lo compensaré. (VÍCTOR)

"No te preocupes. ¿Nos vemos en un mes, el mismo domingo de costumbre? (curador)

"Si seguro. Puedes contarlo. Hasta luego. (VÍCTOR)

"Hasta luego. (Curador)

Víctor va a la salida. Con unos pocos pasos, pasó junto a la puerta y finalmente llegó al exterior. Siguiendo el camino habitual, comenzó el corto curso de regreso. Cuando llegaba a casa, arreglaba algunos cabos sueltos, cuidaba a la mujer, descansaba un poco, meditaba un poco y hacía planes para el futuro. Cada paso que daba, se acercaba a la verdad y luego el destino se preparaba para él. Vámonos.

2.78-Visitante y experiencia posterior

Exactamente el día después de una reunión reciente con el curandero, durante el receso laboral, Víctor se encontrará con un grito y un fuerte golpe en la puerta de su residencia. Cuando abres la puerta, no encuentras nada más que a tu querido hermano Rafael, compañero de batalla. Después de un abrazo y un beso en la cara elegante, ambos entran a la casa y se dirigen a la habitación. Una vez que llegas a la habitación, te acomodas en sillas, una frente a la otra. A continuación, se inicia la conversación:

"Qué sorpresa, hermano. ¿Qué estás haciendo aquí? (VÍCTOR)

"Vine por dos razones. Primero, matar al que te extrañé y traer recuerdos de nuestra madre. Segundo para pedir consejo. (Rafael)

"Gracias. Pero, ¿qué puedo hacer por ti? (VÍCTOR)

"Como dije, quiero un consejo. Sabes, hermano, ya no soy un niño, y cada día que pasas me siento solo. ¿Qué debo hacer? (Rafael).

"Si entiendo correctamente, estás pasando por una privación sexual. ¿Es así? (VÍCTOR)

"Sí. Pero no lo difunda. (Risa contenida de Rafael)

"Bueno, en mi caso, tenía experiencia con personas de confianza y no tardé en casarme. Hoy estoy satisfecho. (VÍCTOR)

"¿Qué me aconsejas entonces? (Rafael)

"Bueno, si quieres, puedo llevarte a un cabaret. Creo que es la mejor salida (VICTOR)

"¿Cabaret? ¿Cómo funciona? (Rafael)

"Es un ambiente con prostitutas. Entras, tomas una copa y, cuando creces, llamas a una de las chicas. Así. (VÍCTOR)

"Perfecto. ¿Nos vamos entonces? (Rafael)

"Espera un minuto, hablaré con mi esposa. (VÍCTOR)

Víctor va a la cocina y allí va con su esposa algunos detalles (explica que salga con su hermano y pide el mismo recambio en el mercado). Después de que todo esté arreglado, regresa al lugar donde se encuentra su hermano.

Ambos finalmente se van. Han pasado la puerta de salida, están tomando la calle principal, y con cinco minutos de caminata rápida, están llegando al burdel. Víctor se detiene en este instante, pasa la última guía de su hermano, le da dinero y se va para evitar los malos idiomas.

Cerca de la entrada, solo, se encontraba Rafael. Ahora era él, el coraje y el destino los que estaban a punto de revelarse. ¿Qué pasaría?

Impulsado por el instinto de curiosidad y necesidad, Rafael finalmente decide entrar tras unos momentos de rápida reflexión. Uno, dos, tres, diez escalones y ya estás en el salón de la barra que estaba anexa a unas pocas habitaciones.

Se acerca a una mesa, se sienta y comprueba la presencia de varios hombres, de todas las franjas de edad y mujeres atractivas, desnudas, insolentes. Uno de ellos da señal al mismo y se acerca.

Cuando te acercas, Rafael siente que se le enfría la columna. ¿Ahora qué? Como actúas La chica rubia de caras bonitas y buena envergadura, luciendo unos cinco años más que la misma, se sienta a su lado y la abraza por la cintura. Esta actitud solo aumenta los nervios del niño y la niña, experimentada, se da cuenta de su inocencia e intenta hacer un acercamiento.

¿"¿Hola, mi nombre es Claudia y tú?

"Rafael. (TARTAMUDEZ)

"Cálmate. ¿Le gustaría algo para aliviar la tensión? (Claudia)

"Qué beber? (Rafael)

"Te recomiendo un buen trago. Pero en dosis moderadas, para que no pierda el conocimiento. (Claudia)

"Tráelo. (Rafael)

Claudia se aleja un momento. Va al estante, coge la bebida, abre la misma y llena un vaso por la mitad. A partir de entonces, regresa a la mesa donde se encuentra Rafael. Cuando llegas, entregas la bebida inmediatamente. Retoma el diálogo.

"Está aquí. Tomar con calma.

Rafael, con el vaso en la mano, lo lleva hacia la boca y al tocarlo empieza a verter el mismo líquido. Como era tu primera vez, extraña un poco el sabor y termina renunciando al resto.

Inmediatamente, hay una reacción en su sistema que lo hace más alegre, libre, suelto y valiente. Tomando la iniciativa, toma a Claudia por la cintura y la invita a una contradicción porque comienza a sonar una canción. Ella acepta.

Ambos se dirigen al centro de la sala. Dirigidos por una fuerza extraña comienzan a entenderse por completo. Intercambian caricias, conversaciones, y al final, termina con un beso azucarado en la boca.

De inmediato, Claudia los invita a conocerse mejor en una habitación. Con la fuerza de la bebida, Rafael se deja llevar. Juntos, los dos se alejan de los demás, giran a la derecha y entran en la habitación número tres.

Cierra la puerta y ambos se ayudan mutuamente a desvestirse. Cuando están completamente desnudos, Claudia lo lleva a la cama. El mismo le enseña al aprendiz cada paso del amor bien hecho, los preliminares, las caricias más atrevidas, el sexo oral, anal y vaginal en todas las posiciones posibles hasta llegar al éxtasis definitivo, el orgasmo pleno, el orgasmo múltiple.

Después de que descansan y duermen. Tres horas después, se despiertan. Rafael da las gracias y paga la cuenta. Se despide sin compromisos y sin fecha de regreso justa porque no volverá hasta que sienta demasiada necesidad.

Encabeza la salida. Cuando llegas a la calle te sientes mejor y al mismo tiempo. El sexo casual era bueno, pero no llenaba el vacío que sentía dentro de mi pecho, la soledad del día a día. Esperaba con fe que encontraras el amor verdadero, una fuerte razón para vivir. Merecía ser feliz porque siempre fue una buena persona.

Rafael llega a la casa de su hermano. Simplemente entra para despedirse de él y de su esposa. Toma un sorbo de agua y te vas. Se inicia el largo viaje hacia la Situación trasera.

Solo se verían en la reunión del grupo que estaba participando o en cualquier otro momento que estuvieran desocupados. Aunque distante, el mismo conservaba la misma amistad de siempre y eso era raro porque normalmente los hermanos eran rivales.

Eran las famosas Torres. Estaban dispuestos a dejar su huella en la historia por su valentía, dignidad, lealtad y valores. ¡Por siempre, castigadores!

2.79-Una visita de Sara.

El resto de la semana transcurrió sin grandes novedades. El ritmo de trabajo en el mercado seguía siendo intenso, la integral de ambos lados opuestos seguía perfeccionando sus poderes y el coronel seguía siendo influyente. No se decidió nada en absoluto.

En la entrada de la nueva semana, dos hechos: el juicio de Joseph Pereira y con las pruebas reunidas, condenado a tres años de reclusión, un impulso repentino que llenó los sentidos de la profesora Sara de ver a Víctor, de hablar con su esposa, de hablar con su vida y su corazón. Así fue como sin pensar demasiado viajó a Carabais.

Durante el largo camino, realizado sobre el lomo de un caballo, tuvo la oportunidad de reflexionar, analizar y vivir una nueva experiencia que la hizo recordar su infancia. Esos eran los días, era más joven, totalmente inocente y libre para amar. Al menos eso es lo que pensaba porque tradicionalmente tenía una decepción.

Pero este no era el momento de echarse la culpa o llorar. Era hora de renovarse y esperaba que con este nuevo encuentro finalmente pudiera liberar su corazón suficiente, romper por otro y ser feliz. Ella no fue la única. El noventa y nueve por ciento de las personas que habían sufrido desilusiones amorosas lo deseaban y eran dignas de éxito y felicidad. ¡Como yo!

Con esta íntima voluntad de volver a empezar, se acaba cumpliendo el camino considerable en un tiempo normal. Justo en el pueblo, se informa sobre la ubicación de la residencia de Víctor. Cuando elige estos datos, se va inmediatamente al sitio.

Como todo en Carabais estaba cerca, no tarda mucho y lo mismo ya está en la puerta principal de la casa gritando y llamando. Inmediatamente, escuchas ruidos de pasos que se acercan y esperan ser respondidos.

Entonces se abre la puerta. Ella tiene la oportunidad una vez más de contemplar el rostro y los senderos característicos de su amor de infancia que parece sorprendido de verla allí mismo. Víctor toma la palabra:

"¿Qué estás haciendo aquí?

"Vine a visitarlos a usted y a su esposa. Quiero hablar un poco y matar a la gente. ¿Puedo entrar?

"Seguro, a gusto. Después de todo, ya no somos amigos.

Ambos entran a la casa y se dirigen a la habitación. Cuando llega a la habitación, Víctor ofrece una de las sillas como asiento. Ella acepta y se instala. Después de ir a la cocina, llama a su esposa y juntos regresan al sitio inicial.

Saludan y empiezan a hablar como adultos que son.

"¿A qué le debo el honor de la visita, profesor? (Penélope)

"Ya le dije a su esposo. Quería hablar con ustedes por un tiempo, nos vemos porque hemos estado fuera por mucho tiempo. (Sara)

"Cierto. Desde que nos casamos, hemos estado muy ocupados y no hemos tenido tiempo de ver amigos en la sede. ¿Qué tal la escuela? (Penélope).

"Bueno, en la medida de lo posible, pero triste por la muerte de Ramón. Fue un gran estudiante y una buena persona. (Sara)

"Nosotros también lo sentimos. Él era uno de los nuestros.

"¿Cómo está Marcela? (Sara)

"Bueno, parece haber superado el impacto inicial del evento. (Penélope)

"Pero eso no significa que no lo olvidarás. Lo digo en serio por experiencia. (VÍCTOR)

"Estoy de acuerdo. También viví la experiencia de perder a un ser querido. (Sara)

"¿Y tú? ¿Ya tienes novio? (Penélope)

"No, solo tuve un pequeño coqueteo, pero el mío lo arruinó. (CONFESÓ SARA)

"¿Cuál era su nombre? (Penélope)

Víctor, tu marido actual. (Sara)

La revelación de Sara dejó a Penélope estática durante unos segundos. Nunca sospeché que ustedes dos tuvieran una conexión tan cercana. Cuando se recuperó de la conmoción, reanudó la conversación.

"¿Por qué no me lo dijiste? Traicionado es el último en enterarse, ¿no? (Penélope)

"Espera un minuto. Yo nunca te traicioné. Mi aventura con Sara fue antes de conocerte cuando era niño. (VÍCTOR)

"Cierto. No ha habido nada entre nosotros desde entonces. No sospeches de tu marido. (Sara)

"Pero no te hagas ilusiones porque ya estás comprometido. (PENÉLOPE)

"Sé. No te preocupes. Sé respetar a los hombres ajenos. (Sara)

"Yo nunca te traicionaría. Hablaríamos primero. Pero ese no es el caso. (VÍCTOR)

"Bueno, lo que quise decir es que te deseo toda la felicidad del mundo. Mi objetivo aquí es superar el pasado de una vez por todas y comenzar una nueva vida. Soy libre de conocer a alguien. (Sara)

"Bien. Estás bien. Encuentra la felicidad y la encontrarás en algún momento. (Penélope)

"Sí, todos merecen ser felices. A pesar de lo que vivamos, podemos ser amigos, ¿no? (VÍCTOR)

"Claro, amigos, después de todo. Dame un abrazo. (Sara)

Los tres se levantaron de las sillas. Cuando se conocieron, hubo un triple abrazo, envuelto en mucha emoción. Finalmente, las cosas se aclararon y tomaron su lugar. Le daré un abrazo, se pronunció Sara de nuevo.

— Bueno, eso fue todo. Me voy a ir. Gracias por su atención.
"Cálmate. ¿No quieres comer algo? (Ofrecido suavemente Penélope)
"Tomaré un poco de agua. (Sara)
"Lo conseguiré. (Penélope)

Cinco minutos es el tiempo que tarda Penélope en cumplir con la solicitud y regresar a la habitación. Entregue el vaso con el líquido y el visitante lo toma rápidamente. Luego finalmente se despide de los dos, dirigiéndose hacia la salida. Cruza el obstáculo y, al salir, monta el caballo iniciando el largo camino de regreso con más tranquilidad.

Cuando llegara a casa, sería una nueva Sara. Listo para amar y ser amado. Lejos de los fantasmas del pasado. Sigan siguiendo, lectores.

2.80-Emboscada

Con la derrota en la última batalla, los malvados representantes se comprometieron a recuperarse, divididos entre entrenamiento y planificación. En una secuencia de reuniones, terminaron teniendo la magnífica idea de expulsar a los justicieros.

En primer lugar, se estaban extendiendo rumores en la aldea de que habrían secuestrado a niños indefensos. El segundo paso consistía en apostar a la espera de que los oponentes los apuntasen sorprendidos.

Llegando a los oídos de los justicieros, ingenuamente se organizó una contraofensiva compuesta por tres integrantes, Rafael, Víctor y Marcela. Los tres, municiones del sentido de la justicia, se dirigieron rápidamente hacia la sede de la finca Carabais donde se suponía que debían estar los niños.

Después de un rato de caminar, aproximadamente a la mitad, fueron interceptados por los malvados mutantes y luego comenzaron otra batalla.

Incluso con la ventaja numérica para el equipo maléfico, la embajada se presentó equilibrada de principio a fin, en un total de treinta minutos de ejercicio.

Al final de este tiempo, sintiéndose exhausto, la pelea terminó. Los jefes de los grupos se reunieron y combinaron una pelea final para actuar como máximo en un mes cuando el grupo ganador finalmente lo sabría. Después de la reunión, todos regresaron a sus respectivos hogares. ¿Ahora qué? ¿Qué pasaría?

Cualquiera que sea el resultado, todos se felicitaron por la respectiva dedicación a la causa, sea justa o no. Vámonos.

2.81-doble aprendido

El tiempo sigue y sigue. Llega exactamente el día programado para la sexta reunión de aprendizaje entre el Sanador y su discípulo Víctor. Desde muy temprano, el último se preparó para este encuentro que prometía ser revelador y bastante interesante al igual que los anteriores.

Cuando estuvo completamente listo, Víctor se despide de su esposa y finalmente se va hacia la meta concluyendo este corto curso en el tiempo previsto. Se acerca a la casucha y como la puerta estaba abierta, se toma la libertad de entrar inesperado porque ya se consideraba su hogar.

Al entrar en la habitación, encuentra al maestro sentado en el suelo, en una posición de meditación, con los ojos cerrados y que parece estar muy concentrado. Con un poco de miedo, se toma la libertad de acompañarlo y con un toque intenta despertarlo. La estrategia tiene efecto porque inmediatamente el sanador se levanta y luego se inicia el diálogo.

"Me alegro de que estés aquí. Tengo algo importante que transmitir. (Curador)

"¿Qué? ¿Algo serio? (VÍCTOR)

"Grave. El pacto que hiciste acortó el tiempo. Este será nuestro último encuentro de perfección. Pero no te lastimarán. Te enseñaré el doble hoy. (Curador)

"Entiendo. ¿Qué me enseñarás hoy? (VÍCTOR)

"Te enseñaré a jugar al destino, a tener un dominio del libre albedrío y, sobre todo, a tener el coraje para lo que viene. ¿Estás listo? (Curador)

"Bueno supongo que sí. Tú puedes empezar. (VÍCTOR)

Con la respuesta positiva del discípulo, el maestro se ha ido por un momento. Fue a su habitación. Cuando volví, traje contigo una bola de cristal. Con una señal, le pidió al discípulo que se sentara y que le diera la pelota. A partir de este momento, empezó a darte instrucciones.

"Fija la mirada en la pelota devolviéndole recuerdos, presente y posible futuro. ¿Qué ves?

"En el pasado, veo peleas, malentendidos, sufrimiento. En cuanto al presente, una situación rota entre aciertos y fracasos. Sin embargo, el futuro se presenta completamente borroso. ¿Qué significa? (VÍCTOR)

"Significa que tu futuro y los que te rodean dependerán de tu libre albedrío. Va a ser una decisión muy difícil de tomar. (Curador)

"¿Qué me aconsejas? (VÍCTOR)

"Sigue tu sentido común y tu corazón. Recuerda la causa. También quiero decir que te apoyaré en tu decisión y estaré presente, ayudando en esta batalla final. ¿Quieres algo? (Curador).

"¿Estás seguro? No sé de qué ratios vendrá esta disputa. (VÍCTOR)

"No me importa. Cometí un error en esta vida y quiero golpearlos, apoyarlos a ustedes, los vigilantes, ¡contra el mal y las élites! ¡Estamos juntos! (curador).

La declaración de apoyo del maestro actual ha emocionado a Víctor. Ambos se abrazaron en un momento de bastante complicidad. ¡Uno para todos y uno para todos! A partir de este momento, el sanador también se integró con el grupo y con lo que Dios quisiera.

Al final del abrazo, se alejaron un poco y se reinició el diálogo.

" En una semana será la batalla. Nos encontraremos en la casa de Ángelo a las ocho de la mañana y luego nos iremos. (VÍCTOR)

"Negociar. Estaré allí. Espero que a los demás no les importe. (Curador)

"No te preocupes. Todo el mundo está bien. Gracias. ¿Algo más? (VÍCTOR)

"No. No por ahora. Nos vemos pronto. Hasta luego. (Curador)

"Hasta luego. (VÍCTOR)

El discípulo se ha alejado y reenviado la salida. Has sobrepasado el obstáculo al tener acceso al exterior. Al mismo tiempo, caminé a través de toda la situación que se presentó. Sin embargo, no llegó a un consenso.

Seguiría el consejo del maestro y siempre escucharía los deseos de su corazón e intuición y vería lo que iba a hacer. Tendría suficiente tiempo para eso durante la semana.

Al llegar a casa, me relajé un poco y disfruté del día con la mujer. Al final del día, descansaría un poco más. Hasta el próximo capítulo.

2.82-La idea.

Dado que la batalla definitiva se había fijado entre los dos grupos rivales ya conocidos, todas las atenciones y esfuerzos de los personajes involucrados estaban ligados a la obtención de la victoria a toda costa.

Debajo de eso, Ángelo ha organizado un encuentro relámpago secreto para actuar en tu casa. A tres días de la pelea y contando solo con la participación de los miembros fundadores, él, Víctor y Rafael.

El objetivo principal era reunir ideas capaces de hacerlas triunfar frente a la poderosa demanda de las élites.

Como eran los responsables, Víctor y Rafael llegaron a la cita, local y horario combinados vestidos en trajes sencillos y rudos. Eran mundanos y tenían una gran voluntad de cooperar. Fueron recibidos por el anfitrión en la puerta con la sencillez, humildad y amabilidad de siempre, que fueron sus principales rasgos.

Después de los cumplidos habituales, los tres se dirigieron a un rincón de la casa del lado derecho. Ya había en círculos de tambores en un número no tan cómodo. Pero estaban acostumbrados a cosas peores.

Se instalaron en los respectivos asientos intercambiando miradas de complicidad y simpatía. Un inquietante silencio se instala durante unos momentos. El hechizo se rompe poco después del discurso firme y grave del Maestro de los Maestros de los Ángeles:

"Me alegro de que pudieras hacerlo. Amigos, ha llegado el momento crucial desde que fundamos el grupo, nuestros objetivos y proyectos estarán en juego y finalmente descubrir lo que nos depara el destino. ¿Alguna sugerencia?

"Tengo muchas ideas. Estoy pensando en usar magia contra magia, luz contra oscuridad e involucrar a ambos lados por completo. Podría funcionar. ¿Qué opinas, maestro? (VÍCTOR)

"Es una posibilidad. Si las cosas se ponen demasiado difíciles, haga lo que crea que es mejor. Confiamos en usted. (Ángel)

"Eso es, hermano. Entre todos, eres el más preparado porque conoces ambas fuerzas. (Observó Rafael)

"Gracias. Tú también eres admirable. Como actúas ¿Has pensado en eso? (VÍCTOR)

"Sigue lo que te enseñé: precaución, fortaleza y fe en todo momento. Además, la unión también es necesaria porque tenemos monstruosos enemigos que enfrentar. (Ángel)

"Cierto. Quiero ayudar de la mejor manera que pueda. (Rafael)

"Yo también. Necesito ayuda, solo grita. (VÍCTOR)

"Bueno, he estado pensando, ¿qué tal si pedimos refuerzos? Serán necesarios porque nos superan en número. (Ángel sugerido)

"¿Exactamente en quién pensaste? (VÍCTOR)

"¿Qué opinas de los cangaceiros? Son luchadores hábiles, tienen buenas armas, contactos y mucha raza. Eso podría resultar de gran ayuda. (Ángel)

"¿Estás seguro? ¿No hay muchos de nosotros? (VÍCTOR)

"Podría ser, hermano. Pero al menos no están en contra nuestra. (Rafael está posicionado)

"Tenemos un objetivo común, luchar contra las élites. (Ángel)

"¡Lo apoyo! (Rafael)

"Bueno, si crees que eres el mejor, apóyate también. (VÍCTOR)

"Perfecto. Me ocuparé de los detalles con un contacto que tengo. Nos reuniremos con usted en un lugar seguro. ¿Acordado? (Ángel)

"Sí. (VICTOR Y RAFAEL)

"Bueno eso es todo. Lo tienes claro por hoy. Solo hazme un favor, llama al resto en dos días, a esta misma hora en casa de mis padres. ¿Entendido? (Ángel).

"Entendido, maestro. (VICTOR CONFIRMADO)

"A su servicio. (Rafael)

"Hasta luego. (Ángel)

"Hasta luego. (VICTOR Y RAFAEL)

Tras la despedida, los dos hermanos se dirigen hacia la salida. En cuestión de momentos, ya están afuera. Cada uno de nosotros tomamos nuestro rumbo. ¿Qué pasaría? Continúe siguiendo los siguientes capítulos.

2.83-Los Cangaceiros

Según lo acordado, Ángel se puso en contacto con uno de sus conocidos, un mensajero del paquete de lámparas llamado Tobías. Explicó la situación, entregó una nota al jefe de la manada y pidió urgencia en el análisis del asunto. Después de que llegó a casa y luego un día, recibió la respuesta. Por suerte, fue positivo y lo hizo vibrar. Las posibilidades actuales de victoria se volvieron considerables.

Informó los resultados al resto del grupo, manejó sus funciones preparando los últimos detalles del viaje y la reunión. Todo tendría que ser perfecto. Al final del día, estaba cansado, nervioso y angustiado por no saber lo que se avecinaba. Por eso, justo después de la cena, se ocupó de dormir. ¡El otro día lo prometí!

Justo después de una noche muy convulsa, llegó al amanecer, normalmente amanecer en el campo y en la ciudad. Desde muy temprano, los personajes en cuestión en sus diferentes lugares han sido preparados para eventos marcados para actuar en el Sitio Fundão llenos de ansiedad y nerviosismo. Pero esto se esperaba.

Cuando estuvieron listos, se fueron. Para algunos de ellos, sería un largo viaje. Sobre otros, no tanto. Lo importante era que todos llegaban a tiempo para hablar un poco y resolver algunas cosas más.

Contar con un poco de dedicación, perseverancia y suerte es lo que pasó. A partir de las ocho, llegaban las primeras personas y a las nueve ya estaban todos. Se han reunido como de costumbre en la habitación de la residencia de la familia Magellan. Además de la presencia de los vigilantes, también contaron con la presencia de los anfitriones.

Ángel, como jefe, tomó la iniciativa de iniciar la conversación:

"Bueno, mis queridos amigos, tengo algo que decirles. Primero, agradezco la presencia y disposición de todos. (Ángel)

"Eres bienvenido. La responsabilidad también es nuestra.

"Hemos estado en el mismo barco desde que nos unimos para formar este grupo. (Rafael)

"Les agradecemos su confianza. (Penélope)

"Estoy orgulloso de ser parte de este equipo. (Marcela)

"Nuestro hijo tiene buenas noticias para ti. (María de la concepción)

"Esto. Habla, hijo. (Geraldo)

"He cerrado un trato con los cangaceiros. Nos están esperando en el bosque, rumbo al sur. ¿Debemos?

"Bien por mí. Vamos chicos. (VÍCTOR)

"Sí. (El resto)

Inmediatamente después de la respuesta positiva, los visitantes despidieron a los padres de Ángelo. Juntos se dirigen a la salida. Cuando pasan por la puerta, se dirigen hacia el sur, se están cerrando en el bosque.

Hubo un recorrido corto hasta el lugar acordado del encuentro con la presencia de todo el equipo. ¿Funcionaría? Nadie lo sabía y esta duda era el combustible, para que todos pudieran seguir adelante sin pensar dos veces en los riesgos que estaban tomando.

En el proceso de análisis del caso, no tuvieron otra opción porque el grupo contrario ha sido tan fuerte en los últimos días que requirieron una atención especial por parte de ellos. La suerte estaba echada.

Con pasos firmes y regulares, durante veinticinco minutos, eso fue suficiente para que tuvieran acceso al lado sur. Era un lugar con extensas llanuras rocosas y rodeado por la vegetación natural de caatinga agresiva.

A la señal del chamán, se detuvieron. Como no había pasado nada, las preguntas antes ocultas explotaron:

"¿Ahora qué? ¿Qué hacemos? (Marcela)

"Chica fácil. Seguro que hay una explicación. (Penélope)

"Siempre la hay. (Ángel)

"¿Entonces que es? (Rafael)

"Cálmate. Deja que el maestro hable. (VÍCTOR)

Ahora, antes de que Ángel pudiera responder, desde arriba de los árboles, descendieron uno hacia uno de los soldados del paquete de lámparas con su típico traje de combate. Delante del grupo, Tobías se acerca.

Acercándose, trató de explicar:

"Estamos listos. Yo y estos soldados te ayudaremos a acabar de una vez con la injusticia de las élites. ¡Abajo el coronelismo!

"Que así sea. ¿Por qué no vino Virgulino? (Ángel)

"Como sabes, es un hombre muy ocupado. Él y una parte de la manada debían ordenar algunas de las cosas de Ceará. Pero apoya tu causa y por eso nos enviaste. (Tobías)

"Gracias por todos nosotros. ¿Qué podemos hacer por ti? (VÍCTOR)

"Queremos comida y alojamiento. Solo entonces estaremos preparados para el combate de mañana. (Tobías)

"Seguro. Puedes quedarte en mi casa hasta el momento del combate. Los demás también están invitados. (Ángel)

"Gracias. ¿Puedo quedarme en casa de tu madre, amor? (Penélope)

"Puedes y debes. Tú, yo, Rafael y Marcela nos quedaremos. (VÍCTOR)

"Hago. (Marcela)

"Entonces está bien así. Vámonos a casa entonces. Planificamos cada paso porque es importante. Practiquemos y descansemos, y mañana será otro día. (Ángel)

"¡Por derecho y justo! (VÍCTOR)

"¡Contra las injusticias! (Rafael)

"¡Para los débiles e indigentes! (Penélope)

"¡Para todos! (Marcela)

"¡Cangaceiros y vigilantes, juntos! (Tobías)

A la señal, todos se saludaron iniciando el regreso al punto inicial. Volverían a casa. Seguirían los consejos de los respectivos jefes y al final del día descansarían. Además, no podían esperar a que se desarrollaran los eventos y la batalla final que decidiría el destino de todos. Vámonos.

2.84-O el otro día y la batalla.

Por fin amanece. Muy temprano, los personajes en cuestión se levantan, se bañan, desayunan y acuerdan los últimos detalles antes de la batalla. En concreto, el buen grupo, liderado por Ángel, se reúne rápidamente en su casa. Cuando resuelven todos los pendientes, ya están listos para que la carta final se realice en la granja del coronel Soares, conocida como Granja Carabais. Esta reunión prometió, porque se haría realidad en el campo enemigo.

Fuera de la residencia, los vigilantes y los cangaceiros se vuelven invisibles. Empiezan a volar, cuando los que no detuvieron esta técnica son ayudados por los demás. Con esto, la gran distancia a recorrer se cumpliría en un tiempo mínimo.

Durante este tiempo, rompiendo las corrientes de aire, el grupo desborda todo el exuberante paisaje del suero que tiene como principales características, el predominio de la meseta, las nubes de todos los colores, el cielo azul y el aire seco y puro. Aunque ya conocen el lugar, no pueden dejar de preguntarse por el espectáculo de la naturaleza.

Sin embargo, a pesar de toda esta belleza, la preocupación por el futuro era grande por parte de todos. Después de todo, todo un trabajo estaba en juego y dependiendo del resultado de este esfuerzo, la paz y la justicia podrían reinar en una época de gran desigualdad social, falta de la mayoría, seca de vez en cuando, y una estructura política completa, completamente retorcida. Estructura política.

Todo estaba a punto de suceder; El grupo de Ángelo finalmente visualiza la granja. A la señal del jefe, todos bajan y continúan el resto de la caminata. Caminan con paso firme, seguro y decidido hacia la entrada del imponente cuartel general de la finca que estaba bien resguardado. En cualquier momento, serían detectados.

Eso es lo que no lleva mucho tiempo. A medida que penetran en el territorio de otros, la contienda comienza cuando cada uno elige a su oponente.

Se forman los siguientes grupos de batalla, Ángel contra Esmeralda, Víctor contra Clementina, Marcela contra Patricia, Penélope contra Helius, Rafael contra Henry y Cangaceiros contra Romeo. En la mayoría de los 30 minutos, tendríamos que tener algunos resultados positivos para un lado.

La batalla comienza intensa. La visión se concentra en los esfuerzos de los involucrados revelándome lo siguiente: Ángelo usa su experiencia con la magia blanca versus la magia negra del rival. Por lo general, el concurso es equilibrado. Bueno, con la ventaja y la caída del otro. En los momentos más duros, cada uno de los cuales vale sus símbolos y su fe personal, Ángel, con su crucifijo y Esmeralda con el Pentágono, entre Víctor y Clementina, hay una ligera ventaja al primero por el hecho de que es inmune a su personal. la fe, donde está el poder del segundo. Sin embargo, tiene que mantener su atención bien abierta porque cualquier descuido puede ser mortal frente a este peligroso oponente, en la disputa del Señor del Fuego Patricia se aprovecha para moverse rápidamente en el espacio-tiempo dejando a Marcela indefensa en todo momento. Finalmente, los cangaceiros se encuentran en desventaja a pesar de sus esfuerzos frente al peso pesado Romeo.

La puntuación fue 2 × 2. Incluso a medida que pasa el tiempo, la situación no cambia hasta el punto de que algún equipo se aproveche decisivamente del otro. El tiempo estipulado para la pelea comenzó a desvanecerse.

Al acercarse al final, Ángel por una razón u otra se distrae y el oponente aprovecha la oportunidad para lastimarlo, dejándolo inconsciente. Este hecho afecta a todos en las peleas individuales, especialmente a Víctor que, incluso con sus prejuicios, lo amaba discretamente. Con la fuerza del león, descartas a tu oponente, acercándote a Esmeralda. Tus otros compañeros empiezan a perder por nerviosos.

Antes del acercamiento completo, los espíritus que lo acompañan le informan que hay que tomar una gran decisión. De lo contrario, una maldición estaba a punto de ser liberada al reiniciar una antigua confrontación que casi destruyó el universo.

A lo lejos, Esmeralda invoca figuras espirituales. Sombras y luces se han preparado para enfrentarse una vez más con sus líderes Miguel y Lucifer. Sin embargo, todavía existía la posibilidad de evitar esta tragedia, y estaba en manos del poderoso joven Víctor.

Siguiendo su intuición y todo lo que aprendió de sus maestros de la vida, Víctor preguntó a las fuerzas benignas del universo qué actitud tomar y la respuesta que recibió fue la palabra "entrega".

Inmediatamente, sus ojos se abrieron a la realidad y se dieron cuenta de la única forma de salir de ella, una muy dolorosa. Sin embargo, si no lo intentaba, se perderían muchas vidas y sueños. No podía dejar a todo el mundo casi a oscuras.

En actitud heroica, tomó su crucifijo, se lo arrojó al oponente y dijo: "¡Sí, quiero!". Inmediatamente, la maldición se rompió, la tranquilidad regresó, los malvados mutantes perdieron su fuerza, cayendo vergonzosamente. La victoria del lado del bien empezó a consolidarse.

Todavía tenía tiempo para acercarse a su maestro caído, tocarlo y decirle:

"¡Te quiero!

Todos lo escuchan. Después, avanzó siete pasos y se cayó. Estaba la saga de ese joven luchador, la legendaria familia de psíquicos, los Torres.

Después del hecho, Esmeralda y su grupo se retiraron derrotados e impotentes. El grupo de Ángelo se reunió junto a los muertos. Se sintieron angustiados por una pérdida más. Primero Ramón, ahora Víctor, sangre derramada por la libertad.

Unos minutos después, Ángel se levantó recuperado. Cuando escuchó la triste noticia, lloró convulsivamente junto a su esposa. Se respetaban el uno al otro a pesar de que amaban a la misma persona.

Superado el impacto inicial, el grupo retiró el cuerpo de Víctor para un entierro decente. Pero la saga aún no estaba terminada.

2,85-Retorno

El funeral se realizó dentro de lo normal con la presencia de familiares, familiares, parientes y amigos. Al final, se organizó una reunión urgente con cierto liderazgo y repugnante. De común acuerdo, decidieron organizar una marcha hacia la sede de la finca Carabais para reclamar sus derechos.

Reuniendo una multitud de unas 500 personas, la marcha se trasladó desde el pueblo hasta la sede de la finca Carabais. Completarán el curso en unos 15 minutos. En la puerta, fueron atendidos por los sirvientes del coronel quienes remitieron la orden a los mismos.

Unos momentos después, se les informó que solo se reuniría con los líderes del motín. Luego se seleccionaron tres personas que juntas lucharían por los derechos de todos.

Los tres representantes tuvieron acceso a la sede principal, acompañados de los sirvientes, quienes los condujeron a una habitación privada en la casa grande. En el interior, puertas cerradas, se empezó a debatir sobre los reclamos de la población en general exponiendo sus puntos de vista.

Sintiéndose respaldado y sin apoyo, el coronel cedió a la presión otorgando la mayoría de los reclamos. Los representantes se han mostrado complacidos con el resultado de su manifestación. Por supuesto, quedaría por mucho tiempo, vestigios de prejuicios, de corrupción, de injusticias.

Pero lo importante era que se había dado el primer paso. La mayor parte fue responsabilidad de los grupos de justicieros, héroes de la agresión y serpiente. Entre ellos, se destacaron los fundadores Ángel y los hermanos Torres. Fueron jóvenes luchadores y guerreros que de alguna manera habían marcado su nombre en la historia. Los dos últimos además de dejar su ejemplo de vida habían honrado su apellido y se habían perpetuado como en el caso de Víctor que había dejado embarazada a Penélope.

La línea psíquica de los Torres continuaría en generación y generación. La muerte no fue el final. Fue solo el comienzo de una nueva trayectoria. En este primer ciclo, el encuentro entre dos mundos, involucra amor, pasión, luchas y acción.

1-despierta

La visión se ha ido. Lentamente, Renato y yo recuperaremos la conciencia. Todo lo que habíamos vivido no era más que un lapso de tiempo que revelaba misterios que no habían durado más de 30 minutos.

Después de despertarnos, nos saludamos conmovidos por la hermosa historia revelada. ¿Tendríamos la misma disposición y coraje que el legendario Víctor? Por supuesto, las situaciones fueron totalmente diferentes. Éramos jóvenes del siglo XXI, una edad temprana suya más que la suya incluso con muchos desafíos por cumplir.

Básicamente, si pudiéramos seguir tu ejemplo, seguramente las victorias sucederían más fácilmente. Sin embargo, reiterando, las situaciones eran incomparables.

En una reunión rápida, decidimos regresar a la casa del amo. Esta sería una buena oportunidad para ampliar nuestro conocimiento y solicitar una guía más segura sobre cómo continuar.

Ciertamente, avanzamos, enfrentando las mismas dificultades de siempre, mundos con pensamiento positivo y motivador sobre el futuro de nuestro emprendimiento. Ahora todo lo que me quedaba era seguir adelante con la cabeza en alto.

El curso completo se llevó a cabo en aproximadamente media hora a pasos regulares y constantes. Finalmente estamos aquí. Frente al cobertizo, paramos un poco en este punto, estábamos emocionados porque estábamos a punto de averiguar qué destino nos reservaba o al menos un reenvío que sería clave para nuestro doble.

Instantes después, superamos parcialmente nuestras entradas. Una vez que nos dimos cuenta de que la puerta estaba abierta, entramos sin pedir permiso porque ya nos consideramos en casa.

Encontramos al maestro. Estaba en medio de la casa, con los ojos cerrados para meditar. Un poco asustados, nos acercamos a él y lo tocamos con el propósito de despertarlo. Luego abre los ojos, esboza una sonrisa y se levanta. Con una señal, nos pide que nos sentemos e iniciemos una conversación.

"¿Bien? ¿Funcionó con la técnica de visión?

"Fue maravilloso. En cuestión de segundos, una película pasó por nuestras mentes. Ciertamente muy interesante. ¡Valió la pena! (El psíquico)

"¿Ahora qué? ¿Cuál es el siguiente paso? (Renato)

"Segundo paso. Inspirando en la historia revelada, también debes buscar lograr el gran milagro: "El encuentro de dos mundos". Esto solo será posible si hay demasiada dedicación de tu parte. (Ángel)

"¿Cómo va eso? (El psíquico)

"La clave de la pregunta está en el entrenamiento. Encuentra al sanador en Carabais. Todavía vive en el Sitio pintado. En tu experiencia, debes conocer la mejor manera de alcanzar la meta. Mi parte ya se cumplió y fue un éxito. Ahora puedo descansar en paz. Fue un placer conocerte. Aldivan y Renato, éxito en su camino. Sigue así todo el tiempo. Aún estará orgulloso de este estado y país.

"Gracias por todo, maestro. Nunca lo olvidaremos. (El psíquico)

"Continuaremos con sus lecciones. ¡Por derecho y justo! (Renato)

"¡Todos para uno y todos para uno! (Ángel)

"¡Para los humildes y los agraviados! ¡Amigos para siempre! (El psíquico)

La emoción se ha apoderado del momento. Aumentaron. A medida que nos acercamos, nuestra acción dio como resultado un triple abrazo.

Por un momento, sentimos la fuerza de nuestros sentimientos, la amistad. Con nuestra unión, una pequeña antorcha de fuego descendió del cielo, iluminando todo el lugar. Allí estaba nuestro guía estrella, que nos ayudaría en los momentos más difíciles.

Cuando terminó el abrazo, la antorcha volvió al lugar de origen. Terminamos de decir adiós. Con lágrimas en los ojos, finalmente nos retiramos de nuestro benefactor. Hemos cruzado la puerta. Por el exterior, iniciamos la caminata hasta el pueblo de Cimbres. Una nueva etapa a la vista y que prometía muchas emociones y descubrimientos. Sigan siguiendo, lectores.

Desde el inicio del nuevo viaje, mantuvimos a disposición, garra, y coraje de siempre similar al primer desafío que la montaña. Aunque eran situaciones diferentes, la sensación era la misma. Además, también se cultivó la precaución, la paciencia y la tranquilidad porque eran fundamentales para un posible éxito. Lección aprendida durante el camino de la vida con la convivencia con excelentes maestros. Eso incluía amigos, familiares, consejeros espirituales.

Todo podría funcionar o no. Lo más importante fue el aprendizaje y la evolución lograda con cada nueva experiencia. Nos convertimos en aprendices eternos. Para lograrlo, continuaríamos avanzando con la cabeza en alto, crecientes valores como la dignidad, la amistad, la sencillez, la lealtad y la transparencia. Esta fue la marca del dúo dinámico de la serie el psíquico formado por el psíquico y el joven Renato.

La saga continuó. Pasamos por lugares que hemos conocido; nos complace revivir diversas situaciones. Nuestra imaginación está en la línea del tiempo y el espacio. ¿Cuántos pies no habían pasado por sus plenas expectativas? Para destacar entre la multitud, necesitábamos una intensa dedicación a nuestros proyectos. Algo que no necesitábamos, gracias a Dios.

Creados como siempre en nuestra causa e inspirándonos en nuestros antepasados, aumentamos el ritmo de los pasos. Unos minutos más tarde, ya hemos visto las famosas casas de Cimbres. En este punto, pensamos que los esfuerzos no confiables eran fuertes que no lo eran. Pero esperábamos que saliera bien.

Con 500 metros más abajo, finalmente tenemos acceso a la calle principal. Cuando lleguemos a la Iglesia de Nuestra Señora de las Montañas, un pase autocompletado. Le damos una señal y se detiene. Estamos a bordo. Como tenías suficientes pasajeros, la salida para la investigación es inmediata.

Durante todo el camino, tenemos la oportunidad de tener una agradable charla con los compañeros de viaje y con el conductor llamado Baltazar, que fue muy amable. Hemos hablado un poco de todo, incluidas noticias generales, deportes, música, religión, política y relaciones en el total de 30 minutos de viaje.

Al final de la carrera bajamos, nos despedimos y pagamos la entrada. Estamos esperando que salga otro autobús con Arcoverde. Estaríamos a mitad de camino, en el viejo Carabais, con el propósito de conocer a un famoso maestro del pasado. Él era el sanador que tenía más de cien años. ¿Qué pasaría?

Treinta minutos más tarde, llegan cinco pasajeros más y finalmente el coche se marcha. Este hizo; crecemos en silencio. Hemos disfrutado meditando un poco y disfrutando de la naturaleza. Entre paradas, pasamos otros 30 minutos en la carretera.

El coche se detiene al borde de la BR 232, bajamos y pagamos el billete. Teníamos un kilómetro y medio de camino para caminar hasta el centro del pueblo. Aparte de la ruta al sitio pintado, no lo sabíamos con certeza porque aún no lo conocíamos.

Estamos comenzando la nueva caminata. La subida de las curvas me hizo recordar un pasado no muy lejano y lo agradable que se sentía al paladar. Comparto mis recuerdos con Renato, que escucha atentamente y opiniones.

Aunque era un hombre sabio, él me da consejos valiosos y secretos. También disfruto felicitando la disposición de ayudarme desde que me conociste. Con el tiempo, nos habíamos convertido en hermanos-amigos, cómplices y fieles compañeros de viaje. Esta fue la clave del éxito de nuestro esfuerzo.

Seguimos adelante. Completando exactamente veinticinco minutos de subida, tenemos acceso a las primeras casas. Cuando encontramos a la primera persona, pedimos información sobre el sitio pintado y la persona del sanador.

Se trata de una joven rubia, de estatura media, rostros rosados, llamada Jacqueline. Describe en detalle cómo llegar. Como estabas desocupado, ofreces tu empresa.

Lo tomaremos. Cruzamos todo el pueblo y tomamos un camino de tierra. Al principio, conversamos con la chica con la intención de conocernos mejor y pasar un poco de tiempo.

"¿Qué está haciendo por las bandas, señorita? (El psíquico)

"Trabajo como agente de salud tres días a la semana. En mi tiempo libre, hago las tareas del hogar. En mi casa hay cuatro personas, yo, mi hermana y mis padres. ¿Y tú? (Jacqueline).

"Soy un servidor público y en las horas libres, un escritor principiante. Trabajo en mis proyectos con mi asistente Renato. (El psíquico)

"Esto. Soy una pieza clave en las historias. (Declarado orgulloso Renato)

"Muy bien. ¿Qué tipo de escritura? (Jacqueline)

"Ficción realista. Pero también deseo escribir historias reales. ¿Recibiste algún consejo? (El psíquico)

"No. Solo conozco gente sencilla. Pero confía en que Dios proveerá. (Jacqueline)

Yo también te creo. (Renato)

"Que así sea. Maktub! (El psíquico)

"Al dejar los libros a un lado, ¿todavía está lejos de la casa del sanador? (Renato)

"No mucho. ¿Por qué? (Jacqueline)

"Tengo hambre. (Renato)

"Cálmate. Sigamos caminando en silencio. Puedes ponerte cómodo, ¿de acuerdo, Jacqueline? (El psíquico)

"Gracias.

La conversación se detuvo instantáneamente. Nos desviamos a la derecha hacia la carretera y entramos en un veredicto de golpe frente al piso seco, las espinas y las ramas de los arbustos cercanos. Pero ya que éramos del lugar al que estábamos acostumbrados.

Más adelante, el camino se ensancha un poco y estamos más cómodos. En el campo de visión, llega una choza. A la señal de Jacqueline, nos acercamos a él. En unos cinco minutos, nos encontramos en la puerta a punto de llamar. Sin embargo, antes de que hiciéramos eso, la puerta se abre misteriosamente. En el interior, la figura del mayor, que a pesar de la edad mantiene rasgos fuertes y contundentes más allá de la peculiar forma de vestir, pantalón de cuero, sombrero, camisa de encaje y sandalias de suela.

Con un gesto, inicia la conversación:

"Jack, ¿qué estás haciendo aquí? ¿Y estos otros? Parecen familiares.

"Hola. Estos son mis amigos: El Vidente y Renato. Quieren hablar contigo. (Jacqueline)

"Soy el nieto de Víctor. (El psíquico)

Y yo soy tu asistente. (Renato)

"¿Cómo? Ya me lo imaginaba. Te pareces mucho a tu abuelo. Bienvenidos. (Curador)

"Gracias. Estoy orgulloso de ello. ¿Podemos entrar? (El psíquico)

"Si seguro. ¿Tú también quieres venir, Jack? (Curador)

"No, ya voy. Solo vine a acompañarte. Incluso para todos. (Jacqueline)

"Nos vemos.

Estamos en la casa. Acompañando al anfitrión, nos acomodamos en tambores dispuestos en círculos en el centro de la choza. Después del silencio inicial, finalmente se reanuda la conversación.

"Bueno, ¿qué te trajo aquí, a este fin del mundo? (Curador)

"Venimos de una aventura desigual y nuestro maestro nos dijo que lo buscáramos. (El psíquico)

"Se llama Ángel y dijo que con su ayuda podemos lograr el milagro que consumimos en el encuentro entre dos mundos. ¿Es realmente posible? (Renato)

El rostro del sanador se puso rígido. Se quedó unos momentos estáticos para pensar. En esos momentos deseábamos ser poderosa telepatía para adivinar exactamente lo que pasaba por tu mente.

Como no lo estábamos, nos quedamos en silencio para esperar su declaración sobre lo que sucedió justo después.

Todo es posible, querida, depender de la dedicación. Primero, sin embargo, deseo conocerte un poco más. (Curador)

"Mi nombre es Aldivan Teixeira, también conocido como el psíquico o el hijo de Dios. Soy un funcionario público y un escritor en las horas libres. Vengo de dos aventuras increíbles junto a mi asistente Renato quien ha alquilado mis dos primeros títulos: "Fuerzas opositoras" "Y la noche oscura del alma" Estoy en un tercer proyecto y para hacerlo necesito tu ayuda. (El psíquico)

"Esto. Como dijo, soy su amigo y asistente. (Renato)

"Entiendo. Creo que puedo ayudarte con tus metas. ¿Aceptas la formación? (Curador)

"Seguro. Siempre. (El psíquico)

"Estamos listos. (Complemento de Renato)

"Muy bien. Para que logremos el éxito, debe permanecer aquí durante siete días. En cuanto al alojamiento, no se preocupe. Tengo suficientes camas. (Curador)

"Gracias. ¿Es eso realmente necesario? (El psíquico)

"Sí. Deje a un lado su timidez y sea mi invitado. Tu abuelo no era así. (Entre risas, el sanador)

"No creo que tenga una forma. (Renato)

"Bueno, ahora me voy a dormir. Si tienes hambre, puedes ir a la cocina y preparar algo. El entrenamiento comienza mañana. (Curador)

"Entendido. (El psíquico)

"Puede ser mi invitado, maestro. (Renato)

El curandero se puso de pie, se estiró y se acercó cansino a una de las camas. Se acostó e inmediatamente se durmió. Renato y yo nos acomodamos, intercambiamos ideas y, como estaba previsto, tenemos hambre.

Vamos a la cocina y hacemos un bocadillo rápido. A partir de entonces, dejamos la casucha para dar un paseo. Tres horas después, regresamos y encontramos al maestro despierto. Hablamos un poco más y nos ofrecimos a ayudar con las tareas del hogar. Cuando terminamos, hemos realizado otras actividades de estudio y ocio.

Con la llegada de la noche cenamos y salimos un poco a contemplar las estrellas. Con su experiencia, el curandero nos da algunas lecciones de astronomía además de contar algunas historias interesantes de su pasado.

Hemos estado en este ejercicio durante tres horas. Cuando se hace un poco tarde, el sanador se retira. Como no teníamos nada que hacer, lo seguimos. El otro día sería el inicio de un nuevo viaje, rumbo a lo desconocido. ¿Qué destino se revelaría ante nosotros? ¿Estábamos preparados para lo que vino? Estas y otras preguntas sin respuesta estaban a punto de resolverse. Continuemos la saga del número tres.

Dos temores de Dios

Es el amanecer. Amanece, los pájaros cantan y una suave brisa remonta el muro inundando todo el entorno. En unos momentos, nos despertamos, gateamos, nos ducharemos. Al final, fuimos a la cocina y junto con el anfitrión preparamos el desayuno con lo que teníamos disponible en la despensa.

Hemos aprovechado la oportunidad para estrechar nuestros lazos hasta hace poco. Cuando la comida está lista, nos sentamos a la mesa y nos servimos en un ritual de comunión.

Nos alimentamos en silencio y respeto. Cuando terminamos, iniciamos una conversación para dirigir dudas.

"¿Cuándo comenzamos nuestro entrenamiento? (El psíquico)

"En un minuto. Primero, quiero saber cómo los entrenó Ángelo. (Curador)

"Lo explicaré. Pasamos la prueba del desarrollo de los dones del Espíritu Santo. Fueron seis pasos en total con ellos, pudimos desarrollar una nueva técnica, la visión que nos proporcionó la visión del primer paso. (Renato).

"Veo. Entonces debemos continuar en esta línea de razonamiento hasta que alcance la parte superior de la segunda etapa. ¿Qué fue el regalo que quedó? (Curador).

"Fue el temor de Dios. (El psíquico)

"Empezaremos desde allí. Sígueme. (Curador)

Obedecemos al maestro saliendo. Hemos sobrepasado todos los obstáculos. Fuera del camino, avanzamos dando un veredicto de la misma manera. Diez minutos después, caminando vigorosamente, entramos en un claro. A la señal del maestro, nos sentamos en el centro a partir de ese momento, comienza a explicar.

Te traje aquí para un debate saludable. Un intercambio de experiencias porque no hay nadie en este mundo tan sabio que no pueda aprender o alguien tan ignorante que no pueda enseñar. Todo el mundo, mucho o mucho, tiene equipaje. (Curador)

"Estoy de acuerdo. La vida se caracteriza por un proceso de enseñanza continuo, término muy utilizado en la educación. (El psíquico).

"¡Dice el maestro! Pero cuéntanos, maestro, ¿qué tienes que contarnos del don de Dios? \ 8 (Renato)

"Por experiencia, a diferencia de lo que la mayoría de la gente piensa, Dios no quiere que le tengamos miedo. Requiere respeto, dedicación a su causa, seguir sus leyes y trabajos prácticos a cambio de tu amor y protección. "Sin embargo, incluso aquellos que insisten en sus errores, que están hundidos en su noche oscura"-; no son abandonados por lo divino. Esto sucede porque él, sobre todo, es padre y es bueno con todos. Esto consiste en la perfección. ¿Y usted? ¿Qué concepto tienes de este regalo? (Curador)

"Miré, maestro, en el período en que estuve inmerso en la noche oscura de mi alma, pude tener la dimensión de dos opuestos de Dios, la misericordia y la justicia. En ese momento, me dejé llevar por mi mensajero, y llegué a pensar que yo era el dueño del mundo. Fue entonces cuando las fuerzas del bien actuaron y me impusieron su fuerza. Me abrieron los ojos, me castigaron y luego me di cuenta del mal que había hecho. Sin embargo, a pesar de las insistentes peticiones de mis enemigos, en lugar de condenarme, Dios me liberó y resucitó no solo esta vez, sino innumerables veces. Dios es padre. La única condición que nos impone es el compromiso de no repetir los mismos errores. En resumen, por todo lo que he vivido, puedo concluir que debemos hacer crecer el temor de Dios. No debemos encender tu ira porque tu mano es demasiado pesada para nosotros, los mortales y los bellos. Más allá de la justicia, hay misericordia. Esto solo se logra si nos ganamos su confianza. Debemos tener actitud y posición. (Yo, el psíquico)

"A pesar de mí poca edad, también tengo algo que decirte. Desde que falleció mi madre, mi padre me trató con dureza. De él, aprendí del miedo y el miedo nunca dictaba mis acciones. Esta fue mi experiencia de un padre humano. Cuando me escapé, encontré a la guardiana de la montaña y con ella tuve una vida más digna. Podría estudiar, tener amigos, jugar y trabajar también. Descubrí con sus enseñanzas e investigando en libros, un verdadero padre. Un padre que no golpea, que ama, que nos acepta como somos, un padre verdaderamente humano. El miedo, para mí, es una relación padre-hijo. Como cualquier relación, se necesita debate, conocimiento, complicidad, fidelidad y lealtad. Es la única forma en que se completa. Pero nunca debemos tener miedo. Nos aleja de Dios. (Renato)

"¡Espléndido! Diferentes opiniones, pero todas significativas. He notado la fuerte influencia de las experiencias personales en sus opiniones. Esto es normal. Creo que podemos intentarlo. (Curador)

"¿Intentar qué? (El psíquico)

"Yo también tengo la misma duda. (Renato)

"Completa el primer ciclo, los siete dones. Con una iluminación adecuada, podemos absorber el conocimiento y asegurarnos de esa manera para continuar logrando una meta completa. (Curador).

"Podemos intentar. (El psíquico)

"¿Cómo actuamos? (Renato)

"Levántese y forme un círculo. (Curador)

Obedecemos al maestro. Nos tomamos de la mano y cerramos el círculo. Inmediatamente, se arrodilla, hora brevemente y nos pide que pasemos por los desafíos pasados. En cuestión de segundos, recordamos los momentos más notables de la aventura hasta el momento presente. Terminada la oración, el maestro se levanta y levanta con las nuestras manos al cielo. De repente, el mundo tiembla, se oscurece y lenguas como el fuego caen sobre nuestras cabezas.

A partir de ahí, entramos en completo éxtasis. Estamos llenos del poder de arriba similar a lo que les sucedió a los apóstoles de Cristo. Eso fue hace unos dos mil años.

Este maravilloso momento dura solo 30 segundos. Cuando los lenguajes del fuego terminan, nos volvemos a encontrar los tres solos. Entonces el maestro toma la palabra.

"Lo tengo. Sé el camino a seguir. ¿Debemos? (Curador)

"¿Podrías darnos una ventaja? (El psíquico)

"No. Todos los días tu preocupación. Vamos a casa. (Curador)

"¿Vamos, Renato? (El psíquico)

"Seguro. (Renato)

Nuestro trío comenzó a retroceder y las preguntas seguían viniendo a nuestras mentes. ¿Qué pasaría? Fuera lo que fuera, creíamos que estábamos preparados para afrontarlo porque teníamos experiencia en desafíos.

Por ahora, el maestro tenía razón, no había nada de qué preocuparse. Ya se había dado el primer paso. Ahora lo único que me quedaba era seguir adelante con raza, coraje, sin miedo y sin vergüenza para ser feliz.

Con un poco de dedicación y suerte, podríamos llegar a los resultados deseados. Pero este era el futuro.

Mientras este no llegó, seguimos caminando. Aproximadamente al mismo tiempo que el viaje, llegamos a la choza. Durante el resto del día, estábamos involucrados en otras actividades que no tenían nada que ver con el desafío.

Por la noche, aprenderíamos más sobre el universo y las experiencias comerciales. El maestro planificaría los próximos pasos y viviría la expectativa del día siguiente que prometía muchas cosas nuevas.

Cuando estábamos cansados, descansábamos. Normalmente era temprano porque en el lugar no había muchas opciones de entretenimiento.

Sigan siguiendo, lectores.

3- El valor de la amistad

La noche suele funcionar. Pasa el alba y amanece entonces. Con las primeras luces del sol, nos despertamos. Inmediatamente cada uno de ustedes se ocupará en una actividad el maestro preparará el desayuno mientras yo y mis fieles compañeros de aventuras nos bañamos.

En 30 minutos cumplimos con la obligación. Fuimos a la habitación y nos cambiamos de ropa. Muy bien, vayamos a la cocina. Una vez que llegamos, nos servimos y el maestro se aprovecha de sí mismo.

Mientras tanto, Renato y yo intercambiamos información clasificada. Pero no tenemos mucho tiempo para esto porque en menos de diez minutos volverá el maestro. Se sienta con nosotros a la mesa y espera cortésmente a que rompamos, para poder pronunciar lo que no toma mucho tiempo.

"¿Dormiste bien? (Curador)

Excepto por algunas pesadillas, está bien. (Informar a Renato)

"Normal Solo un poco ansioso. (Confesado, el psíquico)

"Muy bien. Entonces comencemos. Con la iluminación que tenía ayer, pensé que lo mejor sería continuar el entrenamiento de la misma manera que comencé. Una conversación con total libertad, respeto e interacción. ¿Acordado? (Curador)

"No hay problema. (El psíquico)

"Ese es un método interesante. ¿De qué vamos a hablar? (Quería conocer a Renato)

"El tema de hoy es la amistad. Contiene un poco de tu trayectoria y experiencia en este sentido. (Curador)

"Yo empezare. La amistad para mí lo es todo. Aprendí esto de los espíritus superiores, mi familia, amigos, conocidos, compañeros de trabajo, maestros espirituales y la vida. En ese camino amé, sufrí, lloré, fallé, golpeé, luché y me confundí. Pero lo superé y lo perdoné. De todos modos, aprendí, pensé, y quiero seguir adelante después de todo. (El psíquico)

"Mi comienzo de la historia, como saben, es un poco trágico. Solo conocí los buenos sentimientos cuando conocí al guardián. Ella es mi benefactora. Fue entonces cuando tuve un mayor contacto con la sociedad. En ellos hay compañeros de clase y mi querido compañero de aventuras. (Renato)

"Gracias. (El psíquico)

"¿Qué harías por un amigo necesitado? (Curador)

Depende. Si estaba confundido, le aconsejaría. Si tuviera problemas, intentaríamos encontrar una solución juntos. En resumen, ayudaría en lo que fuera necesario. (El psíquico)

"Me pondría a mi disposición en las buenas y en las malas. (Explicó Renato sumariamente)

"Me gusta. También ayudaría. En este mundo, todos somos iguales. Lo que traemos con el hormigón son buenas obras. El dinero, el orgullo, la vanidad, las penas, las disputas y el egoísmo no conducen a nada. Sin embargo, todavía es muy común escuchar a falsos amigos cuando necesitas la siguiente oración: "No es mi problema". (Curador)

"Exactamente. Me ha pasado mucho. Pero yo no soy como ellos. No voy a repetir ese error. (El psíquico)

"Bien. Incluso sin mucha experiencia, he visto casos de personas que se rebelaron y comenzaron a actuar de la misma manera. (Comentario de Renato).

"Nunca hagas eso. Incluso si la sangre hierve, no se mezcle con este tipo de personas. Necesitamos obtener valores y no compartir. (Curador)

"Jesús es el ejemplo. (El psíquico)

"Él es el principal. También son notable Madre Teresa de Calcuta, Sor Dulce, Zilda Arns, Dorothy Stang, Madre Paulina, Francisco Xavier de Cassia, Santa Rita de Cassia, Nelson Mandela, Francisco de Asís, entre miles de ejemplos. (Curador).

"Lo he escuchado. Fueron espectaculares. (Renato)

"¿Es posible llegar a su nivel de evolución, maestro? (El psíquico)

"No te compares con nadie. Cada uno tiene su historia peculiar. Lo importante es cultivar buenos valores, tener las experiencias que brinda la vida, tener buenas compañías, vivir y no avergonzarse de ser feliz como dice la música. El tiempo enseña. (Curador)

"Entiendo. Entonces seguiré adelante. (El psíquico)

Con mi ayuda, podemos seguir anotando historia y encantando corazones en el psíquico en serie. (Renato)

"Esto. Sigue el destino con garra, fuerza y fe en que el éxito vendrá como consecuencia. No te olvides de mí y de los demás. Eso es la amistad. (Curador)

"Por supuesto que no. Valoramos nuestros orígenes. (Yo, el psíquico)

"¿Qué tal un abrazo? (Renato)

La emoción se apoderó de todos nosotros y aceptamos la sugerencia del joven Renato. Aumentaron. Cuando te acercas, el triple abrazo dura unos momentos. Había un trío luchando, buscando conocimiento. Aunque pertenecían a mundos diferentes, estaban unidos por el destino. A cada paso del camino, se acercaba la reveladora reunión.

Terminado el abrazo, nos alejamos. El maestro se despide, explicando que tenía tareas que hacer en el pueblo. Cuando te vayas, solo somos nosotros dos. Tenemos la idea de arreglar la casucha. Aunque no era gran parte de nuestra playa, solo la buena intención era válida.

Cuando el maestro regresara, continuaríamos ayudándolo en otras actividades hasta que terminara el día. Se ha logrado un paso más. Con la experiencia del sanador, se habían quedado grandes lecciones. Vámonos.

4-complicidad.

Llega un nuevo día con las características habituales. En algún momento, un viento frío golpea nuestros cuerpos ya recuperados de los esfuerzos anteriores provocando que nos despertemos. Inmediatamente, reúno suficiente coraje y fuerza para levantar. Intento una, dos, tres, cuatro veces. Me pondré al día con el éxito la última vez.

Además, además, observo de cerca a mi ayudante. Veo que, a pesar de estar despierto, mi compañero de aventuras aún no ha dispuesto de al menos esfuerzo. Entonces, decido acercarme y ayudarlo con cariño a tomar una iniciativa. Cinco minutos después, ambos ya están de pie.

En una conversación rápida, compartimos las tareas y terminamos. Este hecho, Renato y yo preparamos el desayuno ejercitando nuestros dones de cocina. Mientras tanto, el maestro se baña rápidamente. Cuando termines esta tarea, cámbiate de ropa y reúnase con nosotros en la cocina.

En lo que respecta al medioambiente, todavía le da tiempo para sugerir algunas mejoras en el plato que en ese momento está hecho de cuscús con un macarrón cocido burbujeante. Agradecemos la ayuda y le daremos el toque final a la comida.

Con todo listo, nos servimos y nos sentamos a la mesa. Mientras comemos, iniciamos una conversación amistosa.

Primero, quiero agradecerles por toda su atención y dedicación a nuestra causa. Pero aún me quedan algunas dudas. ¿Podrías sancionarlos? (El psíquico)

Depende. Obtendrá todas las respuestas que necesita a tiempo. Los nervios y la ansiedad se interponen. (Curador)

"No es nada extraordinario. Quiero saber cuántas etapas tenemos que realizar y cómo lograr el milagro más deseado. (El psíquico)

"Como dije, serán siete días de entrenamiento. En este período, le pido que se concentre por completo. El resto vendrá como consecuencia. (Curador)

"Esperaré. ¿Alguna pregunta, Renato? (El psíquico)

Además del tuyo, tengo curiosidad por saber el verdadero nombre de nuestro digno maestro. (Renato)

"Estás pidiendo demasiado. Mi nombre de bautismo es Secreto. Por ahora, apégate al entrenamiento y no a las tonterías. (GRITA EL MAESTRO)

"Perdón por el descaro. (Renato)

"No te preocupes. Termine de alimentar. (Curador)

La voz del maestro sonaba seria y firme. Eso hace que los discípulos tomemos la petición como orden. En silencio, continuamos probando la comida muy lentamente. Comimos una porción de cada uno y como todavía teníamos hambre, repetimos la dosis.

Doce minutos después, finalmente estamos satisfechos. Cuando terminamos, nos dirigimos al baño improvisado para cuidar nuestro cuerpo. Uno a la vez. Entre bañarnos, cambiarnos de ropa y volver a la cocina pasamos más cuarenta minutos de nuestro precioso tiempo.

Sin embargo, a pesar de la demora, encontramos al maestro radiante y una vez más dispuesto a ayudarnos.

"¿Podemos empezar? (Curador)

"Sí. (Renato y yo)

"Bueno, el tema que se aborda hoy es la complicidad. ¿Podrías compartir tus experiencias en ese sentido? (Curador)

"Seguro. Puedo decir, sin duda, que esta es una de mis principales características. En cualquier relación es importante. Por ejemplo, ante las dificultades, buscamos apoyo. Buscamos a alguien en quien confiar y compartir el peso de las responsabilidades. En caso de que no lo encontremos, la vida se vuelve un poco más vacía y triste. La complicidad y la confianza son dos vínculos importantes. (El psíquico)

"Estoy de acuerdo. También debemos tener el mayor cuidado posible de depositar nuestra confianza en las personas adecuadas. (Renato)

"Excelente, Renato. Pero al principio es difícil tener esta capacidad de juicio. La precaución debe ser la palabra clave y el conocimiento es algo necesario. Solo con él es posible decidir. (Alertó al maestro)

"¿Alguna vez ha tenido decepciones, maestro? (Renato)

"Lotes. Es parte del proceso de evolución. Lo importante es no repetir los mismos errores. (Curador)

"Buen punto. También he vivido algo parecido una y otra vez. Los errores hacen el camino a la derecha. (He estado empujando)

Exactamente, querida. Felicidades. Creo que pronto cosecharás los frutos de tu trabajo. Siempre persisten. (Curador)

"Entiendo. Gracias de nuevo. (Renato)

"Eres bienvenido. ¿Nos ocupamos de la casa? (Curador)

"Sí. (Nosotros dos)

Tomaremos el material necesario y comenzaremos la actividad sugerida. Cuando terminemos, haríamos otros trabajos pertinentes. Lo más importante es que vamos progresando a la vista. ¡Rumbo al éxito!

Cinco reflejos.

El otro día realizamos las actividades correccionales de la mañana como de costumbre y cuando terminamos de desayunar nos encontramos en el centro de la choza por nominación del maestro. Nos sentamos en el suelo uno al lado del otro. Después de un momento, finalmente el sanador toma la iniciativa.

"Bueno, estamos aquí de nuevo en el quinto día de entrenamiento. ¿Lo estás disfrutando hasta ahora? (Curador)

"Sí. Pero debo confesar que esperaba algo más espectacular con técnicas increíbles, misterios por resolver y revelaciones extraordinarias. (El psíquico).

"Ha sido un gran aprendiz de aprendizaje para mí. No tengo nada de que quejarme. (Renato)

"Entiendo. Vidente, es normal que alguien como tú, con una gran experiencia en la aventura, espere este concepto. Pero créanme, tendremos resultados más concretos actuando de esta manera. Necesitamos hacer el intercambio de información. En cuanto a ti, Renato, siéntete libre. (El maestro)

"Gracias. (Renato)

"¿Cuál es el próximo movimiento? (El psíquico)

"Hoy hablaremos de un tema complejo y universal, el amor. ¿Cuáles son sus opiniones? (Curador)

"En cuanto al amor, lo he intentado todo. Sentí el amor espiritual de Dios, de entrega y completa resignación. Además, sentí el amor humano. Es algo que implica atracción, acercamiento, fe y fuerza convencida. Sin embargo, respecto a este último, mis experiencias no fueron buenas. (El psíquico)

"Para mi pequeña edad, he experimentado el amor familiar y la pasión no es demasiado profunda. Como sabes, mi vida no ha sido fácil. (Renato)

"Entendemos a Renato y lo admiramos. Con el tiempo, tendrás la oportunidad de conocer el amor verdadero. En cuanto a ti, psíquico, no desaliento. La felicidad te llegará en el momento oportuno. Lo más importante es perseverar en la lucha por ser feliz porque eso es lo que realmente importa. (Aconsejó al sanador).

"Eso espero. ¿Y tú? ¿Cuáles son tus experiencias con respecto al amor? (El psíquico)

"Bueno, como cualquier ser humano que haya vivido más de cien años, sé un poco de la vida. Sin embargo, mi trabajo espiritual y la relación con la naturaleza siempre han venido en primer lugar. En cierto modo, me mantuvo alejado de la gente. Eso es. Vivimos de opciones y las mías fueron bien pensadas. No me arrepiento (Curador)

"Estoy de acuerdo. Tomar decisiones es el acto principal para convertirnos en los principales actores del escenario de nuestras vidas. Ser un líder de ti mismo es el objetivo principal. (El psíquico)

"¡Y vienen las consecuencias! (Complemento de Renato)

"Eso es exactamente lo que quiero transmitirles a tus discípulos. Deseo desde el fondo de mi corazón que tengan el coraje y la fuerza para tomar sus decisiones y enfrentarlas sin temor a contradecir a los más grandes que apoyan una falsa moral en nuestra sociedad. Sé cómo el legendario Víctor y su grupo de justicieros que han marcado la historia en un momento aún más difícil que el presente. (Curador).

"Prometimos intentarlo de esta manera. (El psíquico)

Juntos podemos conseguir el milagro, el tan esperado encuentro entre dos mundos y corazones. (Declarado con optimismo, Renato).

"Esa es la forma de hablar. Me gusta verlo ¿Más observaciones? (Curador)

"No. ¿Y tú, Renato? (El psíquico)

"Ninguno de los dos. (Renato)

"Muy bien. El trabajo de hoy ha terminado. Salgo un rato, visitando a unos amigos en el pueblo. Ustedes cuiden de casa y piensen en nuestra conversación. (Curador)

"Nos vemos. (El psíquico)

"Nos vemos. (Renato)

"Abrazo. Te veo en un rato. (Curador)

Dicho esto, el maestro se alejó, abrió la puerta y se fue. Ahora solo éramos Renato y yo. Seguiríamos los consejos del maestro y cuando regresara, se enorgullecería de nosotros porque la dedicación y el compromiso no fallarían en nuestra parte. Entonces continuemos nuestra saga.

6-Mediumnidad.

Ha pasado un día más. Después de levantarnos, tensarnos, ducharnos, desayunar y cepillarnos los dientes, nos reunimos con el sanador. Hecho este, nos acomodamos en la cama ubicada en su habitación. Después de cerrar las puertas, el maestro tuvo la seguridad necesaria para iniciar la conversación.

"Bueno, ¿listo?

"Siempre lo somos. (El psíquico)

"Eso creo. (Renato)

"He pensado en ello. He llegado a la conclusión de que hace necesario, en este momento, el uso de dos técnicas. Hoy te enseñaré los primeros. Se trata de la mejora del medio. (Informar al sanador)

"Muy agradable. A pesar de las diversas experiencias que he tenido, no estoy completamente desarrollado. (Confesado, el psíquico)

"Interesante. No tengo experiencia. Pero en mi caso, ¿es posible? Aunque no tengo un don específico. (Renato)

"Respondiendo a los dos, nunca estás completamente preparado. Todos somos psíquicos de alto nivel. La pregunta es cómo prepararnos adecuadamente para estos contactos más allá de la vida que a menudo nos salvan de grandes peligros. Tengo una de las claves para llegar a esto. (Curador)

"Somos todo oídos. (Me he preparado)

"Adelante, maestro. (Renato Ratificado)

"Llevamos viviendo seis días y me he dado cuenta de tu capacidad y valor. Sobre todo, me han dado confianza, y por eso revelaré uno de mis secretos. Escuchen. (Curador)

El maestro se puso de pie y se acercó a las paredes. Concretamente, de uno de los cuadros clavados con excelente gusto. Lo sacó, dejando al espectáculo un espejo, el que habíamos visualizado en la historia de Víctor.

Con una señal, pide nuestro acercamiento. Una vez que nos acerquemos, volverá con nosotros.

Cierra los ojos y concéntrate en el infinito. Con esto en mente, solo una vez en el espejo.

Obedecemos una vez más. Cuando nos sentimos preparados, jugamos simultáneamente al espejo. Inmediatamente, entramos en una especie de trascender nuestros espíritus superando las diversas dimensiones existentes, pasamos por los cielos, el infierno, la ciudad de los hombres, el purgatorio, el limbo, el abismo, las puertas dimensionales, los planetas de todo el universo.

La experiencia es perfecta y rápida. Cuarenta segundos, volvemos a la conciencia. Cuando despertamos, salimos del espejo. Volvemos a sentarnos mientras el maestro a nuestro lado parece ansioso e inquieto. Comencemos el diálogo de nuevo.

"¡Eso es maravilloso! Nunca me había sentido tan ligero y relajado. Es como si mis sentidos estuvieran en el fondo de mi piel, sin ninguna barrera de comunicación. (Observó).

"Yo también sentí algo así. Aunque son un mundo diferente al nuestro, esta técnica muestra lo posible que es el encuentro, a pesar de que son realidades tan desesperadas. (Renato).

"Me alegro de que lo hayas entendido. Mientras tengan acceso a la segunda técnica, podrán complementar esta, tendrán la oportunidad de lograr el milagro que tanto deseen. Será el momento propicio para una reevaluación de la vida dando la oportunidad de estipular nuevas metas y consolidar las ya alcanzadas. De todos modos, una nueva caminata que será larga si Dios quiere. (Curador)

"¡Genial! Sigamos con el trabajo, ¿de acuerdo, Renato? (El hijo de Dios)

"Seguro. Pero ahora tengo hambre. ¿Podemos preparar algo? (Renato)

La ingenuidad de Renato provocó la risa de mi maestro y de mí. ¡Qué personaje! Sin él, la serie el psíquico no tendría el mismo encanto que él. Cuando nos controlamos, empezamos a hablar de nuevo.

"¿Nos vamos, maestro? (El psíquico)

"Sé mi invitado. Por hoy, no más entrenamiento. Pero no olvide limpiar el desorden. (Curador)

Enseguida nos levantamos de la cama. Dimos unos pasos, abrimos la puerta y nos dirigimos hacia la cocina. Una vez que llegamos allí, comenzamos a hacer un revuelto de arroz y frijoles sazonados con lo que teníamos disponible. En diez minutos, terminaremos de preparar. Aunque no tengo hambre, sigo a Renato en la degustación de esta delicia en la que me especializo.

Durante la alimentación, compartimos experiencias y expectativas. ¿Qué nos esperaba a partir de ahora? ¿Sería recompensado nuestro esfuerzo? ¿Qué provecho sacaríamos de esta aventura por el resto de nuestras vidas? Estas y otras preguntas pronto serían respondidas en una reunión tan deseada.

Si bien no era el momento adecuado, podríamos repostar. Al final, comenzamos otras actividades cotidianas. ¡Adelante, para siempre! ¡Para los lectores y el universo tan único que proporcionó regalos! ¡Hacia adelante!

7-O secreto a las siete puertas.

El séptimo día de vivencias y luchas internas llevadas a cabo en la cabaña del misterioso curandero Temprano, nos levantamos a un ritmo frenético y realizamos las actividades habituales en un tiempo récord.

Terminé con el desayuno; No contengo mis nervios y ansiedad. Empiece, porque la conversación con los demás.

"¿Y ahora qué, maestro? ¿Podrías guiarnos en definitiva? (El psíquico)

"¿Ya? ¿Estás realmente listo? (Curador)

"Eso creo, ¿y tú, Renato? (El hijo de Dios)

Estoy contigo, amigo. Vámonos. (Renato)

Valiente de tu parte. Ya sabes, pero ¿a qué te vas a enfrentar? (Curador)

"No. Pero no importa mucho. ¿Qué vale la vida sin aventuras o sin sentido? En mi opinión, un vacío total. (El psíquico)

"Explícanos mejor amo. (Renato pidió)

"Me gusta. El próximo desafío es un gran secreto que nunca le he revelado a nadie. Solo si lo hacen, tendrán la oportunidad de lograr el milagro deseado. ¿Están listos para eso? (Curador).

"¿De qué se trata exactamente? (Renato)

"Normalmente lo llamo el secreto de las siete puertas. Son varias dimensiones superpuestas y cada minuto la situación se complica aún más. Si fallan, pueden quedar atrapados en una de sus dimensiones paralelas. ¿Qué dices? (Curador)

"Disculpe, Renato, como líder de esta empresa, decido que usted se quedará fuera de esta etapa. No me malinterpretes, es solo que tengo una mayor experiencia en situaciones extremas. Prefiero continuar solo de ahora en adelante. ¿Está bien? (El psíquico)

"No lo entiendo muy bien, pero lo hago. (Renato)

¿Qué debo hacer, maestro? (El psíquico)

"Primero, sígueme. (Curador)

Obedecí al maestro y junto con él lo seguimos hasta la habitación. Pasamos la puerta y la cerramos. Una vez que estemos absolutamente seguros de estar solos, nos comunicaremos nuevamente.

"Cierra tus ojos. (Preguntó el sanador)

Aunque pensé que era extraño, volví a obedecer. Aproximadamente 30 segundos después, escucho tu voz de nuevo y esta me pide que los abra. Al hacerlo, tengo una visión deslumbrante de un portal frente a nosotros y, en mis ojos de duda, el maestro está a punto de pronunciarse.

"Aquí está la puerta del conocimiento creada por mí. Soy uno de los pocos en la tierra capaz de hacerlo. Es como una realidad ampliada. Abre la puerta, reza a tu ángel de la guarda y supera los obstáculos. Al final, encontrarás la salida.

"¿Cuándo puedo ir? (El psíquico)

"Inmediatamente. Date prisa, porque hay un límite de tiempo. (Informar al sanador)

Empiezo a dar los primeros pasos y aunque lucho contra mis miedos sigo y sigo. Me estacionaré. Además, me detendré durante cinco segundos y respiraré. Cuando termino con este tiempo, agarro la manija, abro la puerta, doy dos pasos y la cierro detrás de mí. Lo que veo al principio me impresiona.

Estoy en un lugar plano, oscuro, extenso y totalmente críptico. En un momento, el cielo y la tierra desaparecen y mi cuerpo comienza a flotar en el aire ayudado por mis técnicas secretas. Empiezo entonces, sin rumbo definido. Con el tiempo, estoy cansado de mí mismo, estoy pensando en pedir ayuda a las fuerzas superiores que me siguen y como respuesta, una voz misteriosa dice que todo está por comenzar. Confía en eso, por un rato y descansa, se supone que está en el aire. Lo siguiente que sé es que escucho el eco de una cinta y pares de luces y sombras poderosas acercándose. Con la experiencia que tengo del plan espiritual, me doy cuenta de la presencia más cercana a ellos, que son los siete espíritus de Dios. Pero, ¿cuál fue el plan que los llevó? ¿A qué final? Volando a la velocidad de la luz, llegan rápidamente y me rodean por completo: son siete guerreros angelicales de la más alta jerarquía, con sus pares de alas asombrosas, espadas, lanzas y estrellas listas para el combate. De inmediato, trato de mantener un contacto telepático con el mismo. Tengo éxito porque pronto comienza una conversación.

"¿Qué quieres de mí? (Yo, el psíquico)

Estamos aquí para demostrar su fe. Para seguir adelante, tendrás que vencernos en una pelea. (Hablando de Miguel, el jefe)

"¿Perdóneme? (Pregunté incrédulo)

"Eso es humano. Lo que quieres está más allá de la posibilidad de los mortales, y le pedimos a Dios esta prueba. (Lucifer, el Arcángel Negro).

"Entiendo. ¿Pero no deberías cuidar a los humanos? No entiendo el sentido de esta pelea. (El psíquico)

"Somos luz y oscuridad en un total de siete. Juntos somos la divinidad. Decidimos esto porque este es un lugar sagrado en el que te atreviste a penetrar. (Todos en coro)

Pero no se preocupe. Ya que eres el hijo de Dios, puedes derrotarnos fácilmente. (Lucifer se ríe)

Los otros santos se rieron y sus voces parecían truenos. ¿Qué sería ahora el hijo de Dios? Está decidido a responder.

"En el plan solo soy un humano. Pero lo que no sabes es que dejé a Dios en espíritu. Hubo muchas reencarnaciones en el planeta Tierra durante milenios y finalmente en esto pude contactar con el padre. Hoy somos uno porque Dios está presente en cada niño inocente, en cada padre y madre devotos, en los huérfanos, en los pobres y agraviados de este mundo. Jesús es el ejemplo porque fue el primer ser humano que tuvo el valor de decir que Dios es un padre. Lo cual es una gran verdad porque todo el que sigue su ley son sus hijos sin importar su credo, opción sexual, religión o posición social. Dios es el encuentro de buenos corazones y aunque es solo un pobre humano, lo sé. (Reclamé)

"¡Blasfemia! Acabar con él. (Lucifer incitado)

Mi actitud incitó la ira de los arcángeles, y están sobre mí. Sin embargo, no me importaba. Me había desconectado y respondido al cargo. Y eso era lo que Dios quería.

En el momento en que las espadas estaban listas para golpearme por la mitad, un escudo me protegió y me libró de los ataques. Pronto el trueno rio, llenó el ambiente y el mundo se estremeció.

A mi lado estaba mi guía espiritual. A su señal, todos se arrodillaron. Inmediatamente sentimos la presencia del Dios vivo.

Como éramos seres inferiores, no podíamos verlo con solo escucharlo. Lo que se dijo era obvio, ¡no habría batalla! El hombre es el punto más alto de la creación y los ángeles son solo mensajeros. ¡Fin de la historia!

Dios se retiró parcialmente y los ángeles se han alejado para ocupar sus lugares justos en los reinos. Solo yo y mi tutor. Atrapándome en el regazo, vuela rápido. Personalmente, pasaré por las puertas en un total de siete. Al final, el ángel me deja. Al abrir la última puerta, tengo acceso a un nuevo entorno. Para mi sorpresa, estoy de vuelta en la habitación, conociendo al maestro.

Con cara de curiosidad, reanuda la conversación de inmediato.

"¿Funcionó, hijo de Dios? (Curador)

"Sí. Realmente fue una experiencia increíble y única. ¿Ahora qué? ¿Cuál es el siguiente paso?

"Ahora ha llegado el gran momento. ¡Espera un minuto! (Curador)

Se alejó un poco y abrió la puerta del dormitorio. Sacudiendo su cabello, gritando, "¡Renato, ven aquí!" En unos momentos, responde a la llamada y entra en la habitación. La puerta está cerrada de nuevo y estamos los tres, los tres mosqueteros.

El maestro señala, nos tomamos de la mano y formamos un círculo. Empieza a guiarnos.

"Estamos listos para comenzar un gran viaje que desafía la línea espacio-temporal. Primero, debemos concentrarnos en nuestro yo interior, fijando el pensamiento en un hecho importante de nuestra vida. Cuando alcanzamos la concentración total, podemos caminar con cuidado a través del futuro pasado-presente de la existencia. Sin embargo, debemos ser meticulosos para no alterar el orden de los hechos.

"Entiendo. Algo parecido al viaje que hicimos en el pasado.

"¿Podemos empezar? (Renato)

"Sí. (El curandero)

Siguiendo la guía del maestro, comenzamos el ritual del paso del tiempo. En cada momento de este trabajo, descubrimos un mundo nuevo dentro de nosotros. Al instante, nuestros espíritus y cuerpos tiemblan de emoción porque tenemos acceso a la línea de la existencia. Sin miedo, retrocedo en el tiempo y mi espíritu angustiado comienza a penetrar en un mundo completamente nuevo. Aquí viene la visión de la segunda parte.

El fin

www.ingramcontent.com/pod-product-compliance
Lightning Source LLC
LaVergne TN
LVHW020441080526
838202LV00055B/5295